句集

春の山

山本一歩

本阿弥書店

句集　春の山＊目次

装幀・大友　洋

句集　春の山

山本一歩

I

若駒

水温むとはこの水のことならず

靴干してあり残雪のかたはらに
振り返る雪崩の音といふ方へ

受験生同士離れずものの言はず
乱暴に開けてしまひし雛の間

校門を右へ左へ卒業す

足が棒になるといふ嘘四月馬鹿

いちにちを終へたる空や新社員

畑打の二人大声にて話す

空打ちの鋏の二三剪定す
苗木植うただ一本の棒を植う

蟻穴を出でしと見れば戻りけり

杉の木は杉の香まとひ春の雪

おぼろの灯つらねて街のおぼろなる
敷石の上にて乾く春の泥

摘草の子供のひとり遊びかな

ふらここが二つにはたづみが二つ

風船が松の枝持ち上げてをり
綿雲のごとくに春の愁ひかな

覗いてはならぬと言はれ雀の巣
その影と触れ合ふやうに蝶飛べる

大田螺摑み上げたる濁りかな

蛤の口を開きし音ならむ

一つ落ちて二つとなりぬ落椿

遠足の静かに通りもの足らぬ

草餅と一対一にされてをり
風の音さへも若駒楽しきらし

人の手を渡つてゐたる仔猫かな

堰を越すために太りて花筏

満開を誰も言はざり遅桜

飲食の傾いてゐる花筵

どうしても鼠に見えて猫柳

亀鳴いてをり善人には聞こえぬ

蛍袋

竹皮を脱ぎたる音と教へられ

母の日の花屋でありし水びたし

大器とも違ふ晩成余花の雨

鈴蘭と庭石と触れ合うてをり

卯の花や丸太を二本並べて橋

ほうたるの闇を封じて蛍籠
雨宿りするなら蛍袋の中

噴水にかもめマリリンモンロー忌

千年の滝千年の滝冴

目つむれば滴りの音ひとつならず

小太鼓のとろとろ雲の峰育つ

大夏野軽トラックの荷台に人

海の日焼山の日焼と比べ合ふ

昼寝してをりたる足の見えてをり

蚊遣火や柱時計に振り子の音

みな席を立つてしまひし扇風機

風鈴を吊つてをりたる手の見ゆる

夕端居誰かが呼んでくれるまで

縁側に出されてゐたる竹夫人

囮鮎売つてをりたる農家かな

浮巣から浮巣へさほど間のあらず

大毛虫見て見ぬふりをして通る

蟻の列そのしんがりを見たことなし

まくなぎを払ふ眼鏡を外しけり

熱帯魚明かり消されてしまひけり

それ以上の高さは知らず川蜻蛉

青大将動き出したる一大事

帰省子を待つ家ぢゅうを開け放ち
歩きつつプールの水を脱ぎ捨つる

何人も子供出てくる草いきれ

浮くでもなく沈むでもなく瓜冷ゆる

目高みな水の天井見て泳ぐ

声ならぬ声を夕日の蚊喰鳥

豊年

あづかりに終はる勝ち負け宮相撲

むつかしき顔の父ゐる盆会かな

しがみつくやうにして墓洗ひけり

さう言へば桔梗の香を知らざりし
進みたる足で抜けたる踊の輪

ゆるやかに蝶を通せり秋出水

白萩を抱へ起こして通りけり

磨かれてをりし厄日の鏡かな

大声や菊人形のうしろより

稲妻をセロハンテープにて繕ふ

重陽や水に浮かべし畑のもの

淋しくはないといふ嘘鉦叩

案山子かと思へば動き出してをり

風土軒桂郎居士の墓秋風

水の影沈めて水の澄みにけり

花園のまん中に椅子端に椅子

雨音と息の合ひたる砧かな

秋の声怠けてゐれば聞こえけり

露の道露の畑へ続きけり

鍬一打一打に釣瓶落としの日

霧吸つて霧を吐きをり牧の牛

鯊日和鯊の一尾の釣れてより

数へ切れぬ声をひとつに蚯蚓鳴く

名は知らねどもみな食へる茸とか

豊年の大きな声の僧侶かな

栗飯のための栗剝くはかどらぬ

松を傷つくることなり松手入

稔田の大波動くことのなし

稲刈つてより無防備な村となる

尽くることを知らざるごとく黄落す

いつもあるところに眼鏡秋深し

末枯の始まつてゐる砥石かな

きつちりと障子を閉めて秋惜しむ

外套

冬麗や眼鏡を置けば影生まれ

吹かれゆく落葉吹かれてくる落葉
ラグビーのボールが逃げてゆく高さ

退屈な雲が一片布団干す

桶の底の海鼠の数の定かには

さて顔があつたかどうか外套過ぐ

そこそこの齢ジャンパーにて鎧ふ

頰被りしてゐる父を見てしまふ

拭ひたる柚子湯ぐもりの鏡かな

卓上の籠の蜜柑のつひにひとつ
みな眠りたるクリスマスツリーかな

水槽の河豚往来を見て泳ぐ
思ひ出すことでありけり年忘

日を数へ直してゐたる長湯かな

年用意氷柱一掃することも

旧年の雪に今年の雪積もる
双子なりけりあけましておめでたう

床の間が一番寒し鏡餅

畑二枚ほどを隔てし御慶かな

雪を来る礼者の見えて進まざる
初夢のあれこれどれも言ひ難し

破魔矢に手伸ばしてゐたる赤子かな

しんしんと山があるなり神楽唄

凍星の三つ四つほかは数へざる

除雪車を通せり雪に踏み入りて

寒晴や山に従ふ山の影

大寒の猫と話の通じたる

凍鶴の脚を下ろして凍を解く
水流れをり白鳥を置き去りに

梟の声をあたたかしと思ふ

霜の道掃いて箒を汚したる

狐火と思ふ狐の尾と思ふ

鬼は外鬼は外みなゐなくなる

Ⅱ

剪定

雑然と春の来てゐる机かな

初午のまづ雪搔きを始めけり

薄氷の上にさざ波のりにけり

鶏鳴いて牛が応へて涅槃変

大試験終へたる廊下軋みけり

にぎやかにバスが通つて雪解村

囀やモデルハウスの窓に人

芹摘んで水を通してやりにけり

山焼きし昂り湯舟にて冷ます

うららかや波の力の砂に失せ

映画館帰りのどことなくおぼろ

朝寝して用の二三を省きけり
春灯を点せば朝のままの部屋

野遊びの子供ら富士を見ることなし

春水を摑みたる手の残さるる

剪定や鳥に好かれてゐる枝も

汐干潟行きたる跡を戻りけり

干蝶あちらこちらを見て乾ぶ

蟻穴を出でていきなり木に登る

捨て畑でありけり雉の走れるは

気に入りの座布団のある仔猫かな

どうしても泳がぬ蝌蚪をつつきけり

村が市となりて亀鳴く田螺鳴く

使はれぬ農具あれこれ鳥雲に
巣箱あり巣箱の中に音のあり

乗込の鮒の必死を雨が打つ

西行忌まで数日の月のいろ

その下の石の気になる花筵
にはたづみ消えて花屑残さるる

うち捨ててありたる桃の枝に花
駄菓子屋と床屋と桑の畑かな

一枚の板が橋なり葱の花

たんぽぽの絮教室へ入り来る

蚊帳

筍と分かる風呂敷包みかな

抛られし早苗の泥をもらひけり

帰りには植田となつてをりにけり

五月闇とは雪隠のことなりし
休ませてもらふ梅干すかたはらに

蚊帳の中なる妹がよく喋る
鳴りづめの風鈴外されてしまひ

浦町の団扇を使ひつつ商ふ

田草取り立つて目立つてしまひけり

エスカレーターにて白靴のはこばるる

日覆や何を商ふかは知らず

起き上がる体の重し籐寝椅子

夕立が行く古書店の玻璃戸かな

釣鐘に西日が当たるそれを撞く
そそり立つごとくに滝の音現る

空を飛ぶことを夢見て繭ごもる
夕端居座敷童子がとなりにゐる

日焼せし二の腕にあるうらおもて

祭髪昼餉のむすび配りゐる

正面にきざはしありし茅の輪かな

太宰忌でありし噴水はたと止み

蟇鳴くやずり落ちさうな寺の屋根

とどまれる蜥蜴に石の冷ゆるなり

畑まで蹤いて来てをり羽抜鶏

ほうたるの闇ほうたるのをらぬ闇

目高散つて別の目高のやうにゐる

沢蟹の歩く姿のまま流れ

踏ん張れる脚の滑つて兜虫
あめんぼの水の濁れること知らず

蚊柱の待つてをりたる順路かな

茂りたる枝から足の垂れてをり

水底に水面に竹の落葉かな

萍のあつまつて行きどころなし

花野

盆の入星を数へてあきらめて

掃苔の雨の力を借りてをり
本当も嘘も自在や生身魂

待つてをり桃の流れて来るまでを

文机に脚が四本夜の長し

台風が来るタコ足のコンセント

鮭上る早さは歩く早さなる

勝手口使ふ南瓜を跨ぎては
まだ揺れてゐる床の間の吾亦紅

霧の出てをりし牛舎の中までも
秋風を聞くための肘枕かな

松の枝の横切つてゐる天の川

鳥威とは目が回る目が回る

長靴の中のいとどを驚かす

二階から見えてをりたる鵙の贄

どうしても一羽遅るる稲雀

どこからが花野だつたか花野の中

駅員に確かな訛馬肥ゆる

ほつとしてをり椋鳥の翔ちたる木

戸締りはしたはずなれどすいつちよん

蟷螂のきのふと同じところにゐる

草虱剝がしてゐたるバスの中
辛抱をかたちにすれば鶏頭花

芋の葉や下校の子らの走りづめ

晴天や体育の日も次の日も

夜も火の匂ひの残り秋収

秋深みゆく猫に髭鯉に髭

牧を閉づけふの夕日を見送りて
かりがねや大空水の色に暮れ

駄菓子屋のあり色変へぬ松のあり

冬支度雨が三日も続くから

濡れてゐる砥石とんばう止めてをり

海に目を移して秋を惜しみけり

火鉢

霜置いてあり靴跡を置いてあり

右の手の冷ゆる左の手でつつむ
船を降りたる白息のまだ揺れて

溶けてゆくごとくに日向ぼこりかな

かたはらの炉火旺んなる神楽かな

餅搗を終へたる臼と杵に湯気
輪飾りやかの古釘を恃みとし

正面を決め兼ねてゐる鏡餅

降りつづく雪を見てゐる年酒かな

雪を来て雪を帰りし賀客かな

独楽の紐ありけり独楽の見当たらぬ

本棚の本の間の手毬かな

七種を刻む音なりすぐに止む

転げ来しものを戻してどんど焚く

焚火番怠けることを許されて

外套の重さを盾として歩む
言ふことを聞かぬ手袋なら外す

学校の廊下の窓のすべて雪

山々をあたたむる雪降りにけり

空気穴のごときが一つ白障子
炭焼きてかくも齢を重ねたる

かばかりの酒に酔ひたる猪の鍋

冬眠のものらともども山を売る

神の山なり狼の山なりけり
さつきまでをみなでありし狐かな

聞くとなく聞こえて熊を食ふ話

海荒るる海鼠が動き回るから

白鳥の鳴かねば静かすぎる村
鶴が鶴呼んで相寄ることもなし

寒鯉の身じろぎしたる濁りかな

父の手を祖父の手を知る火鉢かな

炉話のところどころが聞き取れぬ

村に夜の来る梟の夜が来る

Ⅲ

長閑

早春の午後の吹奏楽部かな

近道は雪に埋れて午まつり
空を濡らせり薄氷を持ち上げて

下萌を促す杖を突きにけり

魚は氷に上りて人は畑に出て

雪が雨に変はりまた雪涅槃変
桑解いてをり教室の窓の外

通らせてもらふ畦焼すみし畦

トラクターを売つてをりたる苗木市

逃水であり自転車の早さなり

軋みたる卒業式のパイプ椅子

長老の治聾酒につき合はさるる

鷹鳩と化して子供に追はれたる

にぎやかに剪定といふ大事かな

父の死後やがてわが死後春の山

紅梅の下にあたたかさうな影

路線バス廃止とありし椿かな

時刻表通りバス来る初ざくら

畑しかあらず畑に揚雲雀

春風や廊下を走つてはならぬ

庭先に椅子の出てゐる日永かな

朧夜や人声のして人見ゆる
新道と旧道岐れつばくらめ

蜆売るぶつきらぼうに歳を取り

ハイキングコース鴉の巣の真下

静かなり遍路の杖の音のほか

春愁やその贅沢な日和さへ

長閑なり沓脱石の長靴は
見えたとか見えぬとか若鮎のこと

風光るまなこつむりてゐてもなほ

鶯に近づく橋を渡りけり

跳び越して来し春泥を振り返る

鉄棒を摑んでゐたる蝶々かな

鍬の柄の艶も八十八夜かな

薔薇

筍を掘るあまりにも造作なく

遠雷のあり遠雷のまま終はる
牛を呼ぶ声の聞こゆる夕焼かな

仕へねばならぬ田のあり田を植うる

桐の花大学通らせて貰ふ

子供らの帰つてからの蝸牛

手から腕へとほうたるの滑り落つ

喉渇く毛虫焼きたる夜とあれば
籐椅子に眠るいつからかは知らず

遠くより応へのありて夏館

年寄りがひとり扇風機がひとつ

掃除機のぶつかつてゐる竹夫人

庭石のひとつが蟇の声を出す

違ふ黒なり人の影蟻の影

蛇失せてなほある蛇の尾の記憶

ねんごろに祭のあとの手を洗ふ
足どめをさるる神輿が通るから

見てをりぬ夜店組み立てらるるまで
堂内の暗さに慣るる円座かな

しほらしく鳴いて鴉の子でありし

そのむかし旅籠でありし蚊遣香

夜涼みの橋の上にて折り返す

夕月の上つてからの露台かな

水が水押し噴水の高上がる

土産物売るや日除の隙間にて

水遊び一人が泣いて終はりけり

海鞘すするなりこの味をどう言はむ

翡翠の来るといふ枝そこに待つ

糸とんぼ飛ぶといふほどには飛ばず

郭公やもう耕さぬ山の畑
渾身のちから目高のとどまるは

登山バスに登山とかかはりなく坐る

滝しぶき浴びねば道を通られず

薔薇の香と思ふ真赤な薔薇だといふ

紅葉

流灯を手離して闇まとひたる

石を抱く秋の蛍となりもして
霧の中なり火の匂ひただよふも

そば屋まだ準備中なる松手入

桃色の水となりけり桃浮かべ

縁側に西瓜の種の落ちてゐし

柿の木に登る柿には目もくれず

自転車の集まつて来る夜学かな

花野まだ半ばなりけり引き返す

退屈をしてをり蓑虫と我と
卓に秋扇言葉を探しゐる

芋の葉のさうざうしさの中を歩く
なかほどに祠まつりて茸山

添水鳴るいかにも山の寺らしく

深大寺の無患子なれば拾ひけり

寝付かれぬだけとも思ふ夜長かな
灯されていとど行き場のなかりけり

秋耕の影がとなりの畑まで
置いてある帽子の上のすいっちょん

ただ垂るることも力や大糸瓜

後の世を知りたくて蛇穴に入る

柳散つて水の流れの見え始む

がちやがちやに好かれてゐたる庭の石

林檎剝く少し夜更かしするための

大声に返す大声豊の秋

そしてまた秋思に戻る机かな

芋の露まろび学校すくと佇つ

らふそくの炎が秋風をとらへたる
山に人らしきが見えて渡り鳥

潮騒のそしてときどき螽斯

鈴虫の鳴ける闇なり人を拒む

草の絮牛舎を通り抜けてゆく

前を行く背に見覚えや秋の暮

水鏡してことごとく紅葉なる

煤払

焚火の炎見てをりどこか上の空

笹鳴や窯場は薪をもて囲み
何をしてゐたのか湯冷めしてしまひ

波郷忌であり両の手をポケットに
人声のなければ耳の冷ゆるなり

つまらなし落葉の掃かれたる道は
雪掻きの戻るときまた雪を掻き

神棚の神の調度の煤払ふ

若水の汲みすぎたるは雪に捨て

一筋の日の差しこんで鏡餅

御慶なりけり雪掻きの手を休め

破魔矢持つ手と吊革を握る手と

雪の原なりし恵方と言はれても

雑煮椀重たし餅の重さなる

梟の声の聞こゆる湯舟かな

大声で話す襖の内と外

きっちりと閉めて障子に隙間あり

雪を行く靴跡道となりゆくよ
込み合つて枝ありふくら雀をり

向う岸ばかりに鴨の集まれる
朝刊の寒く届きぬ寒くひらく

頰被り人が訪ねて来るまでは

板の間のをりをり軋み薬喰

食べ終へてより熊汁と聞かさるる

あれこれと梁にもの吊る囲炉裏かな

灯の冴ゆるかかはりのなき灯とあれば
日向ぼこ水のゆらぎのやうにゐる

樋の水氷の中を落ちにけり

大根を提げをり歩きにくさうな

確かそこは川でありけり雪女郎

干布団素直に畳まれてはくれぬ

向かひ合ふためにに置きある火鉢かな

足跡は確かに兎雪に消え

神楽衆の宴なかなか終はらざる

あとがき

『春の山』は私の第六句集である。月刊誌「俳壇」に〈四季巡詠〉として発表した作品に少し手を入れ、新たに一三六句を加え、合計四〇〇句とした。

「俳句は平明な言葉で、見えるように、美しく」を心掛けている。辞書を引かなければ読めないような俳句では、読者と俳句との距離を遠ざけてしまう。一読して映像が浮かぶような俳句こそ、理想だと考えている。そして、どうせ俳句を詠むなら美しいものを、楽しく詠みたいと思うのである。その結果として、私の句は単純で、類想も多々あるかもしれない。そこを、少しずらしているつもりではあるが、それが成功しているかどうかは読者の判断にお任せしたい。

「見えるように」と書いたが、私の眼はもはや新しい映像をとらえることはできない。机上での作句はほとんどが私の心の風景である。ふるさと岩手、その後移り住んだ横浜、相模原、町田。勤務した十数カ所の町、吟行で訪れたあちらこちら。全てを覚えているわけではないが、ある程度は記憶の中にとどまっている。映像は入って来なくても、それを発信することは可能なのだ。今後は「目」以外のフィルターを通してどのような句を発信できるかが課題となるだろう。

「春の山」の「山」とは、ふるさと岩手に聳える早池峰山、家を取り囲む名もなき山々である。俳句をとおして、それらと、そこに生活する人々の姿が読者の心に映像として浮かんでくれたら、これ以上の喜びはない。

ふるさとを離れて五十年経っても、私は、やはり岩手の人間なのである。

令和四年　立夏

山本一歩

著者略歴

山本一歩（やまもと・いっぽ）

昭和28年11月28日　岩手県大迫町（現、花巻市）生まれ。
昭和48年12月　職場の水引句会に参加、俳句を始める。
昭和52年２月　「泉」「嵯峨野」「寒雷」などに投句。小林康治に師事。
昭和55年５月　康治「林」創刊に同人参加。
昭和63年12月　句集『一葉』刊。
平成４年６月　康治逝去（2月3日）に伴い「林」終刊。
平成５年５月　同人誌「谺」創刊。
平成８年６月　作品「指」により第42回角川俳句賞受賞。
平成10年５月　同人誌「谺」を一歩主宰誌に改変。
平成10年11月　句集『耳ふたつ』刊。
平成12年２月　『耳ふたつ』により第23回俳人協会新人賞受賞。
平成18年４月　句集『一楽』刊。
平成19年10月　句集『一楽』により第10回横浜俳話会大賞受賞。
平成23年１月　句集『神楽面』刊。
平成29年10月　句集『谺』刊。
現在、「谺」主宰。横浜俳話会顧問、俳人協会会員、日本文藝家協会会員。

現住所　〒194-0204
東京都町田市小山田桜台 1-11-62-4

句集　春《はる》の山《やま》

2022年８月20日　発行

定　価：3080円（本体2800円）⑩

著　者　山本　一歩

発行者　奥田　洋子

発行所　本阿弥書店《ほんあみ》

東京都千代田区神田猿楽町2-1-8　三恵ビル　〒101-0064
電話　03(3294)7068(代)　　振替　00100-5-164430

印刷・製本　三和印刷(株)

ISBN 978-4-7768-1611-9 (3327)　Printed in Japan